가는 곳 어디일지라도

가는 곳 어디일지라도

문혜관 외

불교문예작가회 사화집 007

불교문예

차례

1부

2부

3부

4부

5부

1부

나이아가라 단상

고길자

구름을 쓰고 나온 초가을 달빛아래
절절히 사무쳐 무너지는 하얀 물줄기
어디에서 비롯하여 어디로 가는 걸까
어둠을 벗지못한 들꽃 한송이
햇살 그리워 목이 길었네

나이아가라 폭포 강가에
튜울립 꽃 필 때면
솟아오를 눈부신 태양을 맞아
순색 빈 잔에 황홀한 아침을
가득 채우리

봄빛이 쌓는 시간

곽인숙

마른 풀잎이 바람에 흔들릴 때
나는 계절이 아니라 시간을 본다

봄꽃은 속절없이 피었다가 지고
그럼에도 다시 피어나는 이유를 묻는다

강가에 번지는 연둣빛 속에서
사라짐이 가장 또렷한 흔적임을 배운다

끝내 내 곁에 남은 몇 올의 흰 머릿결과
지워지지 않는 하루의 온기

봄빛이 하도 좋아 강둑을 걷다가
살아 있음의 가벼움과 깊이를 함께 생각한다

무지개 카페

권혁수

하늘과 산 사이

간판 없는 카페가 문을 열었다
들길 걷다가 들어오라고

꽃잎 진 푸른
언덕 어디나 머문 자리가
내 자리라고

담과 벽이 없어
싸울 일도 없겠다

구름 소파가 아늑한
오늘

커피 한 잔 마시고 바라보면
어느새 지워지고 없는
당신의 흔적

미운 별

김규용

수성, 금성, 화성…
그리고 퇴행성

그 가운데
퇴행성은 오랜 시간
할머니 곁에 있는 별입니다

할머니는
별 때문에 많이 아파합니다
그래서 별을 싫어합니다

그런데도 그 별은
할머니를 떠나려
하지 않아요

그래서 나도 별이 밉기만 합니다

언제쯤 퇴행성은

할머니 곁을 떠나갈까요?

빨리 사라져 버리면 정말 좋겠어요

채집 당하다

김나연

오늘을 채집하러 나선다

우이천 명랑한 물소리와

천변을 장식한 금계국 수국

왜가리 날갯짓

기세 좋은 부들과 풀잎에 숨은 달팽이를

오동공원에서

기지개 켜는 상수리나무와 단풍나무

부리 고운 새가 떨어뜨린 높은음자리표

피톤치드 가득한 솔향기를

두루 모아 데려온다

채집물 한보따리를 풀어보는데

우이천 물소리에 보따리 한 귀퉁이가 젖어 있다

6월에 채집 당한 내가 들어 있다

제비꽃 겸손

김나현

아침 이슬 머금은 풀잎
수시로 부는 바람의 그리움

마치 잠든 영혼 흔들어 깨울 때
고요한 대지는 태동을 일으키네,

아침 햇살 에너지로 받아들여
차츰 푸른 생기를 찾아가는 그곳에

가녀린 새싹 보랏빛 희망 신고
나직이 엎드려 주변을 고르는 밝은 미소

비록 무심코 내딛는 발걸음 차여도
또다시 일으켜 세운 바람의 전신을 타고

그 향기를 내뿜는 너를 만나기 위해
나직이 엎드려 제비꽃 아름다움에 눈멀고

예천 용문사

김도희

한번
오라며
가부좌를 틀고 앉은
산허리를 지그시
바라본다
누굴 기다리나
쉰다섯 동생을
먼저 보내놓고
동녘해가 뉘엇뉘엇
산마루턱을 넘어갈 때
한번 더 가보았다
뼛속을 웅웅대는
잔솔가지
어리비쳐든 새벽으로
동안거에 드셨단다
상실감으로 부르르
떨어가던 가로등마저

밭은숨을 그렁댄다

다시 지나는 길에 들르소

정이품송*

김동임

푸른 지팡이 멘
반듯하고 둥근 소나무

어머니처럼 포옥 기우는 마음이겠다
어디든 가닿겠다

강원도 청령포 어귀
가여운 소나무 한 그루
울음 토하고 있는,

저 그늘이
토닥토닥

임금님 가마길 트였나 보다

* 충북 보은군 속리산면에 있는 소나무다. 세조가 이 소나무 아래를 지나
게 됐는데, 자신의 가지를 위로 들어 왕이 무사히 지나가도록 하여 세조
가 이 소나무에 정이품 벼슬을 내렸다고 함.

메아리

김란희

밤이 숲을 잠재웁니다
밤이 별자리에 내딛는 까치발 소리가 들립니다

떡갈나무 우듬지에 걸려있는 계곡 물소리
산의 긴 울음소리였어요

절벽에서
오르지도, 내리지도 못하는 칼새의 날갯짓
아버지 얇은 어깨의 메아리를 보았습니다
내 어깨에는 그 메아리가 삽니다

메아리가 앉은 자리마다 푸른 멍이 자랍니다
꿈을 꿀 때는 무지개에 메아리가 걸립니다

메아리는 스탠드 조명 아래에서 시집을 넘기는 소리 같
습니다
무창포 갯벌에서 손잡아주던 메아리

옆구리를 다듬어 초승달이 되었습니다

4월

김미형

햇차 맛이 나른한 몸을 깨우는 달
고사리가 땅에서 고물고물 솟아나는 달
목련 꽃잎 위에 겨울 추위가
잠시 머물다 떠나는 달
참새 주둥이만한 새순이
오리주둥이만큼 자라는 달
산과 들이 온통 연둣빛으로
옷을 갈아입는 달
시금치 꽃이 피고 줄기가 질겨지는 달
황어黃滶가 알을 낳으러
강으로 올라오는 달
해뜨기 전 마늘종을 허리 휘도록 뽑는 달
하늘과 강물이 연하늘색으로 순순해지는 달
메타세쿼이아 열매가 우박처럼 쏟아지고
나무는 밤마다 아기순을 낳는 달

三拜

김보민

一排
허리를 너무 깊이 숙이지 않는다

二排
허리를 너무 세워도 안된다

三排
허리를 알맞게 숙여도 좋다

半排
어간문을 들어서도 어쩔 수가 없다

노랑의 계절

김선희

어린이집 아이들
샛노란 개나리처럼 환해요

나도 한때는 노란빛이었는데
어느새 내 손에는
두 살 채인이가 아장아장 매달려 있어요

햇빛 가득한 수변 공원
물빛공원을 지나
숲을 흔들어 깨우는 아침

일렁이는 물결 따라 수련이 쏙덕쏙덕
파문이 번져가고 있어요

높은 아파트가 연못 속에 거꾸로 서 있어요
물속으로 빠진 소나무 그림자는 허우적거리고

청계사 올라가는 개울길
애기똥풀이 지천으로 피어 있어요

아기 울음소리 들리지 않았는데
봄이 짙푸른 언덕에
샛노랗게 똥을 싸놨어요

맑게 웃어주는 청계사 앞 큰달맞이꽃
때가 되면 말없이 연등처럼 꽃을 켜요

내 손을 꼭 잡은 꼬막손 손녀도
몇 번의 봄을 거치면 노란 티를 벗을 거예요

드레스룸에서 생긴 일

김세연

내가 사는 빌라에는 우편함이 건물 밖 주차장 쪽에 있다. 그래서 확인하는 걸 자주 잊는다. 고지서가 쌓여 가는 걸 모르고 내버려 뒀다가 집에 전기가 끊길 뻔했다. 그 얘기를 했던 것을 기억하고 번역가가 내 우편함에서 고지서를 꺼내왔다는 것이었다. 그는 약속 장소에 조금 일찍 온 김에 우리 집 주변을 산책했다고 했다. 뿌듯한 표정이었다.

"우리 집 몇 호인지 어떻게 아셨어요?"

"알려주셨잖아요."

자신이 번역한 책을 보내주고 싶다고 해서 집 주소를 가르쳐준 적이 있었다. 서로 알게된 지 얼마 안 됐을 때의 일이었다.

"아… 이게 이 글자였군요."

번역가는 아이패드에 저장되어 있던 원문 텍스트를 확대하며 말했다.

"잘못 해석할 뻔했네요. 그러니까 뭐든 의심이 가면 확인해봐야 해요. 넘겨짚었다가 큰코 다친다니까요."

번역가가 고르지 않은 치열을 드러내며 웃었다.

— 소설,「드레스룸에서 생긴 일」중에서

가는 길

김소월

그립다
말을 할까
하니 그리워.

그냥 갈까
그래도
다시 한번…….

저 산에도 까마귀, 들에 까마귀,
서산에는 해 진다고
지저귑니다.

앞강물 뒷강물
흐르는 물은
어서 따라 오라고 따라 가자고
흘러도 연달아 흐릅디다려.

청색시대

김수원

초경을 맞은 바다
하얀 몸을 태우는 백사장
말을 거는 소년
파도에 몸을 맡기고 싶었어
둥근 튜브는 아름다운 언약
수줍게 바다에 뛰어들면
구름 한 점 없는 하늘과
하늘로 물든 청색시대
육지로부터 멀어지고 싶었어
잠깐 눈을 감고 떴는데
소년의 얼굴은 온데간데없고
바다도 없고
언약도 없고
청색도 없고
온통 모래사장뿐이었어
잠깐 눈을 뜨고 감았는데

2부

이토록 가깝고도 먼

김시림

갈매기 한 마리가 저 수평선 너머로 사라진다

무엇을 찾아가는 길일까

사람들 마음엔 생각 프로그램이 담겨 있어서

160센티미터도 안 되는
이 작은 몸에도 네게로 가는 길이 있다

가만히 있어도
그리로 간다는 것은
반질반질 길이 나 있다는 것

한아름의 그리움이
별빛과 싸락눈과 새소리와 천둥번개로 쌓인
그 길 위에 서면

나는 그만, 하늘과 가슴 맞대고 한 호흡하는

먼바다 외줄 수평선

내 몸이 심하게 출렁거리는 날

돌아오는 길을 잃고 헤매기도 하는

가깝고도 먼 길

후리지아

김용락

진밭골 단골카페 입구에 후리지아 화분이 놓여있다
해질녘 문 열고 들어갈 때는 못 보았는데
선배를 만나고 나오면서 노란꽃이
깜깜한 밤공기 속 흐릿한 가로등 아래 자태를 드러냈다
아, 수선화가 여기 피었네 하면서 반기니
여주인이 후리지아라고 내 말을 정정해준다
봄꽃의 화려한 향기 보다
어둠 속에서 간신히 꽃잎을 버팅기고 있는 듯하다
1970년대 말 봄 동성로 대구백화점 남문 앞 길거리에
노점상들이 검은 고무바케스에 후리지아를 담아 놓고
비가 내리는 날 오가는 행인들에게 팔고 있었다
청춘의 그날 이 행성行星의 한 모퉁이는 아마 심한 우울
이거나
푸른 슬픔이었을 것이다
지친 生을 간신히 보내고 있는 외양과 달리
심장 깊숙한 곳에서는 뜨거운 피가 있듯이
후리지아 노란 꽃잎이 오늘 밤에도 유한한
시간의 흔적을 피었다 지고 있다

얼음호수

김원희

영하의 온타리오 호수
조각난 얼음의 상형문자
둥둥 떠다닌다

읽으려 해도 지상의 언어로는
해독할 수 없는
언 채로만 존재하는
불능의 언어

봄날의 따스한 기억
사랑했던 추억만은
꽁꽁 간직했네

투명한 기억 속
틈으로 보이는 건
그대의 환했던 얼굴

겨울 호수 바람부는 대로

출렁이는 내 사랑

나는 지금 그대라는 계절을 지나고 있소

초혼

김재순

멈추지 않은 빗소리는 비밀스러운
강을 만들었다

박건재 조각가가 만든
노란 눈물이 홍수에
당현천을 떠났다

물의 발자국을 남긴다

바다로 흘러간 눈물은
모래결 사이에서 별 하나로 태어났다

별 속엔 아이들의 속삭임이 있다

진도 앞바다
거센 파도는 붉은 울음으로 부서지고

별빛을 향해

수천 번 수만 번 이름을 불러본다

저 하늘에 잊히지 않는 눈동자

뼛속을 파고든 별이

팽목항에 뜬다

물의 얼굴이 깊다

살아있으메

김현주

소리가 매달린다

쏟아지는 햇살에
벚꽃잎이 줄줄줄줄 매달리고
쏟아지는 빗방울에
매미울음 으엉으엉 매달리고
쏟아지는 달빛에
귀뚜리 소리 살폿살폿 매달리고
주먹만 한 함박눈 나뭇가지에
스렁스렁 매달리고

오늘도 내 눈에 모든 소리가
간질간질 매달린다

별을 쳐다보며

노천명

나무가 항시 하늘로 향하듯이
발은 땅을 딛고 우리
별을 쳐다보며 걸어갑시다

친구보다
좀 더 높은 자리에 있어본댓자
명예가 남보다 뛰어나 본댓자
또 미운 놈을 혼내 주어 본다는 일
그까짓 것이 다아 무엇입니까

술 한 잔만도 못한
대수롭잖은 일들입니다
발은 땅을 딛고 우리
별을 쳐다보며 걸어갑시다

내 삶의 시계는

동 봉

내 삶의 시계는 언제나 시계방향으로만 돈다
아직 아니 온 세상을 갈망하는 까닭이다
철학 하는 사람은 시계 반대방향으로 돈다
먼저 있던 곳으로 되돌아가려는
반본환원의 법칙 때문이다

어느 날 문득 햇살을 바라보니
스스로 바늘을 만들며 반대방향으로 돌아가고 있다
아마도 햇살 에너지를 가지러
태양으로 되돌아가나 보다

부처는 과거에서 현재로 온다
사랑과 공덕을 안고 이미 이루어진 부처로 온다
중생은 미래를 향해 달린다
모르는 희망을 품에 안은 채
언젠가 이룰 부처로 향하여 달린다

구름

문혜관

나는 떠도-ㄹ고

너 또한 떠 다녀도

뜻이 같다면야

언젠들 만날 테니

가는 곳 어디일지라도

두 손 접어 기원하리

비비추

박가경

그늘이 먼저 자랐습니다
잎은 그 아래 누웠습니다

나는 이름도 없이
흐르는 쪽을 택합니다

움직임이란
뿌리를 붙든 채
가만히 버티는 일

빛은 자주 지나갔고
잎은 매번 놓아 주었습니다

말하지 않았는데
꽃이 피었습니다

한 계절 끝에 그저 올라온

손끝도 닿지 않는

연보라 하나

산도화山桃花

박목월

산은
구강산
보랏빛 석산

산도화
두어송이
송이 버는데

봄눈 녹아 흐르는
옥 같은
물에

사슴은
암사슴
발을 씻는다.

사념처思念處

박병대

까치소리 에워싼 숲에
이름 모를 산새소리 가득하다

녹음의 향기에 주저앉아
사념思念하는 고집멸도苦集滅道

무수한 세월 붙박여 하늘 오르는 나무들
울울한 높이에 경애심이 우러난다

나무 위 들려오는 딱따구리 따르르르르
제 몸에 구멍 내는 딱따구리 도반道伴 삼았다

산길 수행승 조심히 옮기는 발걸음
석가모니 걸음 길의 개미행렬 이곳에도 보였다

날아온 까치 깡 총 깡 총 걸음은
마음 바쁘게 기쁜 소식 전해주고 싶어서 일게다

無等山

박수빈

능선이 엎드려 저수지에 목을 축인다
뿌리는 발목 잠겨 있고
어깨 내려놓은 버들잎들

새가 물 안으로 부리를 넣는다
물금이 그어지고 베어진 주둥이
물결이 자국을 지운다

굴참 졸참 신갈 떡갈들의 속삭임
내가 상수리라고 우기지 않는다

물수제비를 뜨면 응, 응, 들어주는 기분
안개가 뒷걸음한다 산빛도 물색이 된다

아지트의 추억

박승원

　마지막 고백이라도 한다는 듯한 표정으로 나를 쳐다보는 민호의 눈이 미세하게 떨렸다. 술기운 때문일까. 눈매가 약간 발개졌다. 민호는 소주잔에 남아있는 술을 들이켰다. 나도 민호에게 고백 비슷한 거라도 해야 하는 분위기였다. 나는 민호에게 우리 어머니를 만날 때 왜 내게 연락하지 않았는지 묻지 않는 걸로 내 고백을 대신했다.

　경기도에 있는 봉안당의 아버지 유골함 옆자리에 어머니의 유골을 모시고 집으로 돌아왔다. 나는 군대에 간 아들 녀석의 방에 보관 중인 책과 잡동사니 물품들 사이에서 오래된 바구니를 꺼내 들었다. 민호에게는 잃어버렸다고 거짓말을 한 민호가 맡아 두라고 했던 딱지 바구니였다. 뚜껑을 여니 오래 묵은 종이 냄새와 함께 민호 엄마의 부드럽고 낭랑한 목소리가 들려온다.

　'정우야, 정우야~'

　나는 민호가 준 염주팔찌를 바구니 안에 넣고 뚜껑을 천천히 닫았다.

　— 소설, 「아지트의 추억」 중에서

愛

박인걸

손을 뻗으면 닿을 듯한
따뜻한 숨결 하나

사람은 그것을 사랑이라 부르고
불가는 그것을 집착이라 부른다

붙잡으면 아프고
놓으면 허전한 이 마음을

나는 오늘도 밥을 먹듯
자연스럽게 삼킨다

스님은 말한다
흐르는 것을 막지 말라고

그러나 사람은 안다
흐르는 것에 이름을 붙이는 순간

이미 우리는 머물고 있다는 것을

그래서 나는 오늘도
사랑을 흘려보내지 못한 채
조용히 바라본다.

봄 봄 봄

소 암

죽은 듯 얼어붙은 생강나무
말라비틀어진 저 산수유에
노란 생명의 싹이 돋는다
봄 마중 하듯 샛노랑 꽃술이
머리를 내민다

얼음과 눈으로 덮인 저 계곡
개구쟁이들이 백구와 놀던
저 뒷산 들 논밭에서도
파아란 어린 쑥 냉이 돌미나리
부스스 잠깨 눈 비빈다

아지랑이 너울대는 내 살던 동네 보리밭
종다리가 하늘 땅을 솟구쳤다 낙하하고
천지에 봄이 왔다고 노래하네
아직 뒷동산 진달래 꽃소식은 없다네

봄꽃은 재촉 안 해도 피어나고

봄바람은 비단결 춘풍이라네

3부

숨의 자리

송담松潭 송삼용

산길을 오른다

숨이
한 박자 늦는다

발걸음
멈춘다

비워진 자리

바람
먼저 지나간다

남아 있는 것
하나

가슴 안

고요

봄소식

염은초

동장군 심통을 간신히 견디고
굽어진 허리에 기지개를 켜니
호미든 사람들 산으로 올라
오늘 밤 반찬은 나라고 하네
이럴 줄 알았음 잠이나 잘걸
따스한 봄볕만 원망을 한다

목련

왕 유

나무 끝에 연꽃

산속에 붉게 피었네

개울 옆 인적 없는 집가에

제 홀로 피었다 지네

피었다 지네

실업자

유병란

봄이 되면 신입사원을 뽑는 주왕산
올해도 굴참나무 밑동에서
병아리 부리처럼 새순이 올라온다
외근 나간 청설모 다람쥐가 돌아오고
정규직 굴참나무 가문비나무 지휘아래
절기에 맞춰 일손을 돕는다
작년에 가장 많은 실적을 올린 굴참나무는
산 너머까지 분점을 내고
올해의 목표를 향해 쉴 틈 없이 물을 끌어 올린다
한 치의 오차도 없이 활기차던 사월의 주왕산
세찬 바람과 함께 느닷없이 날아온 불씨에
정규직도 일용직도 그리고 신입사원도
손쓸 틈 없이 당했다
화마가 휩쓸고 간 자리에 널브러진 검은 뼈들
아무것도 건질 것 없이 부도가 났다
야근까지 해야 실적을 달성할 수 있었던 주왕산
속절없이 산소 호흡기를 꽂고 있다

우리는 선약이 있다

유회숙

꽃길을 걸으라는 한마디 말이
꽃보다 아름답고 따뜻하다
오늘처럼 노을 번지는
오남호수공원 물소리 깊을 때
생각을 따라 어디쯤에서
두고 온 뿌리 만질 수 있을까
길 위에 사람들은 알까
선약이 있었음을
까맣게 잊어버렸음을
사는 동안 죽음을 사는 것을
가끔은 발밑이 아찔하여
하늘하늘 흩날리는 꽃잎들
허공을 만져보는 것은
아직 마르지 않은 물기가
떠나온 곳 향해 뿌리를 뻗는다

봄

윤동주

봄이 혈관 속에 시내처럼 흘러
돌, 돌, 시내 가차운 언덕에
개나리, 진달래, 노—란 배추꽃

삼동을 참아 온 나는
풀포기처럼 피어난다

즐거운 종달새야
어느 이랑에서나 즐거웁게 솟쳐라.

푸르른 하늘은
아른, 아른, 높기도 한데……

반가사유상半跏思惟像

윤인환

어느 날
행복의 한 귀퉁이가
툭,
떨어져 나가 슬픔이 되었다

천 년 미소로 삭히면
그들도 세상의 행복 속으로
귀향하리니

울지 마라
서러워 마라

연 향기 그윽한 고향은 있어도
희망이 죽어버린 세상은 없으니

가을에

이경란

시월의 눈가가 시큰하다
짙은 빨강
떨어지는 낙엽과
고운 옷을 벗은 앙상한 속살이
그런대로 편안한 안녕을 고하고 있다.
별 같은 마음을 집어 들고
가을의 너를 넘고 있는데
겨울을 부르는 달빛을 맞으며
산수유 열매가 더 붉게 달아오른다.

귀 끝이 먹먹해진다.
아주 오래전에 스며들었던 설움이
스멀스멀 되살아 속살거린다.
몇 시간을 헤매 돌아도
시월의 끝자락까지 걷고 걸어도
뚫린 가슴은 횡하니 서걱거린다.

고추장 단지

이경수

오지 않는 잠을 자려다 말고
냉장고 청소를 했다
칸칸이 쌓여 있는 반찬통들
꺼내놓고 보니 거실 바닥 한가득이다

아래 칸 깊숙이 틀어박혀 있는
자줏빛 플라스틱 통 하나
느릿느릿 끌려 나오는 묵직함
생전에 친정엄마가 담아 주신 고추장이다

어쩌면 이것이 마지막일 게다
어여 차에 실어라 하시며
손에 들려주셨던 유언 같은 고추장

산그늘 내린 동구 길을 돌아 나오며
꽃 떨어진 텅 빈 대궁처럼
바람의 눈물이 가슴을 건너갔다

깊은 밤

별의 그림자가 얼음조각처럼 부서지며 지나갔고

달의 뒷모습이 희미해질 때까지

고추장단지를 끌어안고 있었다

오래전에 떠나간

엄마의 녹슨 계절을 깨끗이 닦아

다시 냉장고 깊이 넣어 두었다

장미의 이면

이민자

옷자락 펼치며 활짝 핀 장미
햇살 한 줌으로 꽃잎을 짓고
바람 한 줄기에도 향기를 흘린다

하나의 계절이 익어간다

말없이도 마음을 전하는 장미
한 송이로도 충분한 고백이 되어
두 사람의 약속이 된다

수많은 눈길 속에 찬사로 물들지만
그 붉은 색 아래 숨겨진
작고 날카로운 가시가 도사리고 있다

사랑은 향기로 날아오고
이별은 가시로 남는다는 것을 알려준다

눈부신 꽃잎

누구나 장미를 좋아하지만 쉽게 꺾지는 못한다

향기를 훔치던 한때

내가 받아준 장미 한 다발

이제 꽃을 건네준 사람은 기억에서 시들었다

환지통

이민희

장마의 시작과 끝이 오르내리고
능구렁이 우는 골짜기엔
뻐꾸기 탁란 받아주고
황조롱이 둥지 틀던 산기슭
이곳이 우리 칠남매의 태가 묻힌 곳

관세음보살 할머니의 주문도
어느 해 정월 모든 액운 안고 그리로 가셨지

크고 작은 불운은 철쭉꽃과 같이 왔다가 떠나기도 했고
참새와 기러기 가족처럼
동풍 따라 떠났다가 서풍으로 돌아오기도 했지

이제는 덩그러니 창고 한 칸 비번으로 남아있는 186-2

그렁그렁한 눈 벌겋게 녹슨 채 그리움만 곰삭히고 있지

산중문답

이 백

왜 산에 사느냐고 묻는 그 말에

대답 대신 웃는 심정, 이리도 넉넉하네

복사꽃 물에 흘러 아득히 가니

인간 세상 아니어라 별유천지네.

함박꽃 피는 날

이서연

흰 눈이 가슴에서 꽃이 되는 순간이면
그 어떤 인연인들 향기 돋지 않으리오

나 또한
함박꽃 피는 날
흰 눈꽃이 되렵니다

푸른빛 사이사이로 순백 미소 피는 것은
전생에 잘 접어 둔 순정 모습 아니리오

그대도
맑게 오셔요
함박꽃빛 보살처럼

봄비와 검정 고무신

이아영

봄비 내리는 섬돌 위에
검정 고무신 한 짝이 비를 맞고 있다

흰둥이가 물고 갔을까
검둥이가 물고 갔을까
남은 한 짝은 방울방울 눈물방울 머금고 있다

세상 만물은 죄다 짝이 있는데
옴짝달싹 못 한 채
봄비를 맞고 있는 저 고무신 한 짝

비에 젖은 섬돌은 더욱 차갑고
고무신은 더욱 쓸쓸하다
짝을 잃은 순간부터
그는 신발이 아니라
그저 외로움의 상징이 되었다

봄비는 멈추지 않고 내리고,

빗방울은 고무신을 두드리며

마치 위로라도 하듯 속삭인다

은하 빌라 옆 감나무

이옥주

아이들이 햇볕처럼 쏟아지는 집

유월은 가고 있는데
후드득 몰려 떨어지는 감또개
꽃 지워진 자리 아물기도 전에 연두를 줍는다

비껴가는 햇볕을 안으로 들이며
잎새가 넓어지는 때
은하빌라 지붕으로 기울어지는
그늘이 모여 머문다

붙잡지 않아도
가지 끝 속살로 파고드는 발길이
소낙비 따라 멈춘다
다가올 까치 그림자를 올려다본다

낡은 별무리 집 옆 오래된 감나무

그 위를 징검징검 흘러가는 별자리

홍시 속에 익어가는 귀뚜라미 소리

4부

산은 산이요 물은 물이다

이형근

이름 없는 도반이다

멧, 묏 줄기들

님을 오르고 내리며

줄줄이 다른 몸 줄기들

만색만상으로 연이어진 숨

가늘고 여린 숨 깊다

생을 이름한다는 건 명멸名滅이니

이름 한 산에 산 없다

도반을 전송하며

일 선

이른 아침 산을 내려오니

안개 속에 벚꽃이 벙글었네

꽃과 향기에 머물지 않고

길을 따라서 똑바로 가면

눈앞에 안개 걷히고 바다 건너

고향에 도착 하리니

반기는 사람 없어도 원망하지 않으리

바다가 되는 일

임솔내

벽이 굽은 집이었다

언제 폭삭할지 몰라

매일 밤 유서 들고 잔다며 키득댔다

재개발이 한참 멀었던 그날맹이

유년의 청년의 강은 거기서 콸콸 흘렀다

흙벽돌 그 집, 감옥같이 뚫린 창으로도

막무가내 들이치는 햇살은 나의 목숨이었다

나머진 내 낡은 서랍 속에 쌓였다

우리의 둥지는 아늑했고 없지만 따뜻했다

그땐 녹색 일기가 쓰였고 달처럼 잘 익어갔다

괄약근이 망가져 지금은 비데를 무색케 하는 울 엄마

세상사 쏜살같이 흐르거나 말거나 칠십구에 멎었다

바다에 이르러 놓아버린 강물

아, 삶은 바다가 되는 일

굽은 벽은 바다로 가는 곡선이었다

나였던 그는 어디에 있을까

그였던 나는 어디로 가고 있는가

火嶺에서

임술랑

불은 났어도 산은 그대로다
난리벅구통을 쳤어도
다시 아침이다
새소리 귓전에 포롱포롱 난다
그 해 겨울
모든 풀이
누른 불길처럼 마르고 꺾여도
양지마 쪽으로
봄빛은 共匪처럼 숨어들고
다시 일렁일렁
아지랑이다
밭둑머리엔 냉이꽃
嶺너머
민들레

복수초

장준분

멀찍이 있는 삼월 제쳐두고
서둘러
몽글몽글 꽃망울 돋우고

추위 피해
밤새 얼음 모자 쓰다
해가 오면
모자 벗고 한 올 한 올 햇살 모은다

여러 날

모은 햇살
꽃잎으로 꽂아
지구 태양으로 눈부시다

그래서 봄이 또 오나 봐

전성재

그래도
지지고 볶는 세상이 좋은가 봐
아직은 아웅다웅 부대끼며
사는 게 좋은가 봐
누가 뭐래도
그렇게도 오고 싶은가 봐

그늘진 응달에서도
미소를 머금고
옹알이를 하는 너
그래서 찾아오고
찾아가나 봐.

다이야몬드 수트라Diamond sutra

전인식

누가 나를 깨워 앉혔을까
새벽 세시

무슨 죄 그리 많았을까
서재 높은 곳에 있는 금강경에 손이 닿는다

'수보리야' 하는 첫마디에
뚝!
먼저 떨어지고 마는 눈물 한 방울

젖어 번져 더 또렷한
'여시아문' 첫 글자
펼쳤던 책 도로 접는다

다 읽었다
불과 3분 만에

순식간

공짜로 가지는 이 기쁨과 슬픔

가짜다 나는!

풀꽃

전홍구

잡초라 불리며 밟히던 그 풀에서
작은 별 하나 눈부시게 피어올랐다
세상은 몰라주어도 땅은 알고 있었네

햇살은 한 번도 그를 외면하지 않았고
그는 늘 바람의 뒷모습을 쫓았지만
이름 없이 핀다는 건 슬프고도 고귀한 일

하찮은 풀이라고 거들떠보지 않아도
해마다 같은 자리 같은 침묵으로
그는 자기를 다 드러내 피우는 풀의 꽃.

백목련

정금윤

언제 어디서든
제일 깨끗하여
훼방꾼이 많다

떨어져 발길에 밟혀도
처음 모습 그대로
눈부시게 남고 싶다

고운 마음이라
쉽게 물든 상처
오래 가지만

어버이날

정복선

나도 아버지 어머니의 목에 걸린 가시이던 때가 있었다
나도 아버지 어머니의 가슴속 숯덩어리이던 때가 있었
다, 아니
꽃밭이던 때가,

나도 한때는 아버지 땜에 힘든 시절이 있었다
나도 한때는 어머니 땜에 서러운 시절이 있었다, 아니
햇살의 날들이,

그리고, 이젠,
그리운 날만 남았다

거시기, 있잖아

정영선

말주변도 없고
목소리도 크고
성질까지 급해서 말을 빨리 하려는 내게
쉼표처럼
거시기, 있잖아

미처 할 말이 생각나지 않을 때
사이사이 접속어처럼
자연스럽게 다음 말을 연결해주는
거시기, 있잖아

느낌표처럼 물음표처럼
내 말투 사이사이 감초처럼 끼어
부족한 말씨 은근슬쩍 돕고
난처하지 않게 체면치레해 주는
거시기, 있잖아

덕분에 말더듬이를 면하게 한

내게는 참 고마운 말

거시기, 있잖아

여행

조오현

어떤 사람이 나를 뵙고 싶다고 부처님 말씀을 듣고 깨달음을 얻고 싶다고 전화를 했다. 나는 참 잘난 놈이라고 속으로 웃고는 큰소리로 "나는 지금 여행 중이다" 했더니 그 사람이 "언제 돌아오십니까"하고 묻기에 "그건 나도 몰라 어쩜 영원히 돌아오지 않을지도 몰라" 하고 전화를 끊어버렸다,

사실 나는 영원히 돌아오지 않을 길을 평생 나로부터 떠나고 떠나고 있다.

나무들도 꿈을 꿀까

주경림

만약 꿈을 꾼다면 어떤 꿈을 꿀까?

단비가 내려 이파리 입술을 적셔주는 꿈
우듬지를 뻗어 별을 따는 꿈
달빛에 샤워하는 꿈

나무들도 "이 참혹한 세상은 꿈일 거야." 하며
스스로를 위로 할 줄 알까

꿈은 이루기보다는 깨기 전에
또 다른 꿈으로 갈아타는 것 이라는 것도 알까

숨

진 란

　미운 사람 없기, 지나치게 그리운 것도 없기, 너무 오래 서운해하지 말기, 내 잣대로 타인을 재지 말기, 흑백논리로 선을 그어놓지 말기, 게으름피우지 말고 걷기, 사람에 대하여 넘치지 말기, 내 것이 아닌 걸 바라지 말기, 얼굴에 감정 색깔 올려놓지 말기, 미움의 가시랭이 뽑아서 부숴버리기, 그냥 예뻐하고 좋아해 주고 사랑하기, 한없이 착하고 순해지기

　바람과 햇볕이 좋은 날 자주 걸을 것
　마른 꽃에 슬어 논 햇살의 냄새를 맡을 것
　그립다고 혼자 돌아서 울지는 말 것
　삽상한 바람 일렁일 때 누군가에게 풍경 하나 보내줄 것
　잘 있다고 카톡 몇 줄 보낼 것
　늦은 비에 홀로 젖지 말 것
　적막의 깃을 세우고 오래 걸을 것

시, 그와 함께

채 들

그를 머리 위에 모시고 산 적 있다

그러다가 등에 지고 다녔다
무거웠다

이러려고 그를 만난 게 아닌데
아닌데 싶어,

평생 손잡고 같이 가자고 했다

헌데 오늘은 약속도 흘러
그냥 손 놓고 같이 가자고 했다

5부

뜨개질

천지경

아이 신혼 선물로 발판을 뜬다
한 땀 한 땀 뜨는 것이
완제품에 가까워지면
마음과 손이 바빠진다
뜨개질에 집중하면
세상 모든 잡념이 사라진다
종일 일하고 지친 몸으로
현관문 들어서는 아이들의
지압판이 되어 주리라

완제품을 딛고 서면
새로운 세상이 열릴 것 같다
이렇게 잘 짜인 세상 위에서
너희는 늘 평안하기를

봄이 웃는다

최대승

동백꽃 피더니
산수유 개나리 진달래 피고
벙그는 목련, 팝콘 터지듯 벚꽃 만개하고
옷 속 깊이 꼭꼭 숨었던 몸이 햇살을 들이는 봄
봄이 웃는다
촌놈 같은 나에게 웃으며 온다

행복은 멀리 있는 것이 아니다
우리 안에 있는 것을 안다
내려놓을수록
편해지는 마음
꽃비 내리는 날은 웃음꽃 절로 피고

푸른
호수 같은 하늘
참 맑은 봄, 봄이 웃는다

안스리움에게 건네는 고백

최화영

잘 키우고 싶어, 아침이면 넘치는 축수를 주고
쨍쨍한 볕 들어찬 베란다에 너를 두었다

지나친 다정이 너의 발을 늪에 빠트리고,
붉은 포엽 안으로 백열이 파고들 때
누렇게 시든 독백을 게워내는 잎들
진득한 바닥에서 마른 통증 앓는다

열대 우림에서 온 너는
헐거운 토양에서 활엽수 지붕 아래 살았다는 것을
나는 미처 생각지 못했다

한동안 너를 무심한 바람에 맡겨 두기로 한다

반쯤 닫힌 창 너머, 낮게 드리운 그림자 속에서
어느새 불염포는 붉은 핏기를 머금고

화분에서 한 걸음 물러나

너의 목마름이 차오를 때까지

나는 이제 너의 눈부신 그늘이 되어 숨을 고른다

팔미도 벼랑

태동철

흙 한 점 없이 살이 모두 뜯겨 나간
시련 속에
흰 뼈를 일으켜 세운 골격으로 난바다를 품고 있다

심해深海에서 달려온 파도를 곧은 등으로 받아
포말을 피워 올린다
억센 늑골을 켜켜이 쌓아 올린 가슴으로
파도를 조각내서 떠나보낸다

앙상한 뼈에도 석화는 핀다
돌게의 안식처가 되고
숭어의 산란처가 되며
발목이 빨갛게 물질한 갈매기 쉼터가 된다

팔미도 벼랑
거친 파도에 한 치도 흐트러짐 없이
태초 이래 수직의 자세를 지키며

힘찬 발끝으로 가 없는 바다를 펼치고 있다

수평선 너머 몰려오는 파도

물굽이, 굽이 팔미도 벼랑 앞에서 오체투지를 한다.

짧은 호흡

하순명

환한 세상이다
수천 개 봄 햇살이 벚꽃 위에 내려앉는다

한 생의 찬란한 순간들이 전부인 양

단 한 번의 바람에
그 꽃 눈보라처럼 흩어지는 줄 모르고
눈부시던 한 때만을 사랑하였다

귀띔 한마디 없더니 갑자기 지친 꽃잎들
간밤에 일제히 낙화를 결심했다
나무는 더 이상 말을 하지 않는다

절정에서 와르르
지상에서의 짧은 날들이 바닥에 뒹군다

그 웃음과 울음 사이

한 호흡으로

무엇을 사랑했느냐고 묻지 않았다.

다시 첫걸음

한명희

아가의 첫걸음처럼
아장아장 걸음을 배우는
울 엄마

지팡이 앞세워
한 발 한 발 걷고 있는
울 엄마

어제는 한 걸음 더 걷고
오늘은 한 걸음 덜 걷는
울 엄마

잰걸음 다 빠져나가고
남아있는 몇 걸음을 챙겨

더듬더듬 걷는
울 엄마

찻잔을 앞에 두고

한성근

한 번도 되뇌어 보지 못한 아쉬움에 휘둘리어

희부연 속살 내비친 가로등 아래서

누군가의 서러운 이야기 들을 적이면

망각의 너울 속에 잠시 들러

처음 마주한 미명을 향해 어디로든 가 보려고

일찌감치 바동거려보다가

행복과 불행의 구분이 모호해져

까치발 딛고 서서 견디어 낸 힘겨운 시간만큼

숨어 있던 욕망의 사슬을 풀어헤쳐

애먼 허공이라도 후려쳐보자는

마음 조인 안타까운 생각이 사라질 듯 말 듯

영원히 새 나가지 않을 비밀처럼

텅 빈 머릿속에 둥우리를 틀고 있었다

나의 꿈

한용운

당신의 맑은 새벽에
나무 그늘 사이에서 산보할 때에
나의 꿈은 적은 별이 되야서
당신의 머리 위에 지키고 있것습니다

당신이 여름날에
더위를 못 이기어 낮잠을 자거든
나의 꿈은 맑은 바람이
되야서 당신의 주위周圍에 떠돌것습니다

당신이 고요한 가을밤에
그윽히 앉어서 글을 볼 때에
나의 꿈은 귀따람이가 되어서
책상 밑에서 '귀똘귀똘' 울것습니다.

득음, 화엄

한이나

구룡계곡 찬물에 발 담그고 누워 바라보는 밤하늘
지리산에 죄다 모인 세상 별들의 말씀이

폭포의 물소리 절창으로 흐른다

노고단 서쪽 화엄사에 올라 봐라
별빛 달빛 슬픔 아래
저어기 희미한 화엄이 보이리니

하늘에 매어놓은 소리집에서
처연하면서도 힘찬,
탱글탱글한 소리꾼 소리맛이 한 채의 육모정을
다시 세운다

완창 한판 풀어내며
내 마음의 단청무늬를 입힌다

반딧불은 날아가 별로 박히고

산의 중심이 동편제 소리에 젖는다

개기월식

해 강

빛을 낼 수가 없다

줄 하나 없이
수 억년 허공을 떠돌다
잡혀버려

루비처럼
붉다 못해
검게 타 버렸어

봄의 상술

허정열

강변에서 만난 봄 만삭이다
순산을 위해 구체적인 전략은 필수
산전체조를 준비하고 호흡 가다듬는다
겨울 뼈대를 골라내고 나뭇가지마다
포스트잇을 붙인다
친절한 바람이 산통을 도우려고 후미진 능선 곳곳에
봄의 부록 첨부한다

보슬비 잠깐, 나른한 햇살 종일
해산 직전의 산모에게 귓속말을 하고 있다
마른 나뭇가지 타고 번지는 말들
곧 연둣빛으로 본색을 드러낼 것이다

겨우내 품었던 자리 어루만지는 봄의 손들
구겨진 주름이 한 장씩 펴진다
건구줄에 사월의 봄볕이 꽂힌다
약속처럼 그녀가 몸을 풀고

골목마다 현수막 걸린다

키보드도 빠르게 봄을 주문한다

관광버스가 소식처럼 달려온다

봄이 완판이다

문자 메시지

황남순

떨림으로 찾아온 그 밤
스며든 설렘이 낯설다

일기장 페이지마다 박제된 기억은
폭설에 짓눌린 선홍빛이다

열린 결말로 매듭이 풀린
단 한편의 소설

행과 연 따라 눈밭 누비며
세월 두드리는 초록 목소리
말간 미소로 허공을 떠돈다

피안의 구름다리
끝내 건널 수 없는가

샐 위 댄스

홍숙영

내 빨간 구두 속엔 아직도

봄을 만지고 싶어 들뜨던 무희가 살지

뜨거워져 있을 때는 무릎이 깨져도 괜찮아

발바닥 물집도 새로운 희열이지

불꽃처럼 탁탁 튀어 올라봐

흔치 않은 모양에도 사람들은

병아리 눈물만큼의 관심도 없어

침묵은 나를 지켜주지 않아*

이순에도 썸이란 것이 있지

세월 주름에 파스라도 붙여 볼까

그런 경끼같은 소리는 바람직하지 않아

그림자로도 사랑이 되는 계절

춤 속에서 춤추는 척

안아보면 어떨까

오래 비워둔 심장은

탱고의 세레나데에 서툴러

흐지부지가 되어도 괜찮아

지금 말을 해, 더 늦기 전에

쉘 위 댄스?

빨다

황정산

밤길 차창에

날벌레들이 부딪는다

소리도 미동의 충격도 없다

다만 몸을 빻아 죽음을 기록한다

날았던 한 순간을 사선을 그어 증명한다

차창을 움켜쥔 글자들이 쉬이 지워지지 않는다

알약을 빻으며 일몰후 해상박명을 떠올리다

유봉유발을 두고 시인이 된 사람이 있다

그가 빻은 것들이 엉겨 글자가 된다

아니 빻아져 글자가 되지 못한다

빻아져 다시 빻는다

모두 빻다

동백이 피었다

효 종

간밤에 내린 눈
눈송이 속에서
쑥 내민
빠알간 입술
얼마나 이쁜지
하마터면
입맞춤 할뻔 했다.

불교문예작가회 사화집 007

가는 곳 어디일지라도

초판 1쇄 발행　　2026년 4월 28일

지은이　　　　문혜관 외
발행인　　　　문병구
편　집　　　　채　들
디자인　　　　쏠트라인
펴낸곳　　　　불교문예출판부

등록번호　　　제312-2005-000016호(2005년 6월 27일)
주　　소　　　10858 경기도 파주시 탄현면 새우리로427번길 68-32
전화번호　　　010-6806-1132
전자우편　　　bulmoonye@hanmail.net

ISBN　　　　978-89-97276-86-8 03810